पेद्रु और बड़ा धमाका

कहानी - नंदिता डा कुन्हा

चित्रांकन - निहारिका शेनॉय

अनबाउंड स्क्रिप्ट

'**टाटा ट्रस्ट**' के उपक्रम '**पराग**' के सहयोग से प्रकाशित

अनबाउंड स्क्रिप्ट

पेद्रु और बड़ा धमाका

प्रथम संस्करण : जनवरी, 2025

ISBN : 978-81-19745-85-2

प्रकाशक : अनबाउंड स्क्रिप्ट
2/41, अंसारी रोड
दरियागंज, दिल्ली–110002

वेबसाइट : **www.unboundscript.com**

ई–मेल : **books@unboundscript.com**

फोन : **011-35807601**

मुद्रक : यश प्रिंटोग्राफिक्स, नोएडा, उत्तर प्रदेश

PEDRU AUR BADA DHAMAKA
This work was originally developed and published in English by KALPAVRIKSH.

Story : Nandita da Cunha
Illustrations : Niharika Shenoy
Editorial Team : Tanya Majmudar, Sujatha Padmanabhan, Sowmya Rajendran
Acknowledgements : Kaustubh Moghe, Meenal Tatpati, Neeraj Vagholikar

मूल्य : ₹ 175/-

मेरे पिता के लिए

जो इस बात के प्रमाण हैं कि कोई व्यक्ति गोआ से निकल सकता है

लेकिन गोआ उसके भीतर से नहीं निकल सकता

प्रस्तावना

धड़ाम! पेद्रु बिस्तर से गिर गया।

धड़ाम!

अजीबोगरीब कानफोड़ू आवाज़ें आती रहीं। पेद्रु, उसकी माई और पाई, और उनका पूरा गाँव बाहर दौड़ पड़ा।

सब लोगों ने अपने कान ढक लिए थे और पेद्रु जड़ होकर खड़ा रहा। लाल धूल का एक गुबार उसकी ओर आया और उसकी आँखों में चुभ गया लेकिन वह अपने सामने के नज़ारे को देखता रहा, और माथा पीट लिया।

'यह सब मेरी गलती है,' वह चीख उठा। यह उसकी सज़ा की शुरुआत थी।

पिछले हफ्ते तक अपने गाँव, रोत्नागाँव की गलियों और खेतों में मटरगश्ती करते हुए वह आज़ाद महसूस कर रहा था। अपनी गुलैल से, एकदम सधा हुआ निशाना लगाकर वह पके हुए जामुन और रसीले आम गिराता।

'श्श्श', वह बाबू की ओर फुसफुसाता। बाबू स्कूल में उसका सबसे अच्छा दोस्त था।

'मेरे साथ चलो, मेरी एक योजना है।' उसे क्या पता था कि उसकी योजना का क्या नतीजा होने वाला है।

पिछले सप्ताह

1

पेद्रु और खोज

पेद्रु अपने घर के बाहर चरमराते फाटक पर झूल रहा था। वह काजू बागान से अपने पिता के लौटने की राह देख रहा था।

'वहाँ तुम हो क्या पेद्रु?' उसकी माँ ने पुकारा। 'तुम्हें आने में इतनी देर क्यों हो गई? चलो, अंदर चलो।' उसे घर में पक रहे स्वादिष्ट सालन की खुशबू आई और पेट में चूहे कूदने लगे।

'रुको, मुझे पाई से ज़रूरी काम है। और किसने कहा कि मैं लेट हो गया हूँ? सूरज तो अभी बस डूबा ही है।'

'बको मत! मुझे पता है अँधेरा कब हो गया था।' माई बोली, 'यदि...लौटते समय तुम्हारे ऊपर नारियल गिर जाता, तो? तुम्हें तो दिखता भी नहीं।'

उफ, उसकी माई – गाँव में चिंताओं की सबसे बड़ी गठरी है!

'नारियल... मेरे ऊपर गिर जाता? ज़रा शांत रहो, माई। ज़्यादा संभावना तो इस बात की है कि मैं नारियल के पेड़ पर चढ़ते वक्त गिर जाता।'

‘आईsss... पेद्रु मैं शांत कैसे रहूँ? पता नहीं तुम कहाँ-कहाँ भटकते रहते हो। और तुम अपनी गुलैल से क्या-क्या नहीं टपकाते फिरते हो?’

पेद्रु ने मुस्कराकर अपनी गुलैल को थपथपाया।

‘क्या पता तुम कोई ज़हरीली बेरी टपकाकर उसे खा जाओ?’

‘ना, ना, माई गटकने से पहले मैं किसी भी फल को चाटकर साफ कर लेता हूँ,’ उसने थोड़ा चटखारे लेते हुए कहा।

‘बस करो... पेद्रु। आगे से तुम अँधेरा होने से पहले घर आ जाओगे। कहीं खो गए तो?”

यह शायद दुनिया की सबसे मज़ेदार चिंता होगी। पेद्रु इतनी ज़ोर से हँसा कि फाटक पर से गिर गया। किसी ने कभी सुना है कि ‘खोजी’ लड़का खो गया हो?

रोल्लागाँव के सभी लोग पेद्रु के दोस्त थे। वे हमेशा मैदान में फुटबॉल खेलने, नालों में मछली पकड़ने के लिए समय निकाल लेते थे। किसी भी त्यौहार जलसे में वे रात-रात नाचते-गाते थे।

लेकिन उसके रोज़ाना के खेलकूद के साथियों में बाबू और भूरी आँखों वाले जुड़वां भाई दीपू और दीनू सबसे खास थे। वे अपने-आपको खोजी गैंग कहते थे, क्योंकि उनका सबसे प्रिय खेल था – कौन सबसे पहले ढूँढेगा?

उनमें से कोई (अक्सर पेद्रु ही) हर दिन एक नई चुनौती पेश करता। चार आम कौन ढूँढ सकता है? या नीला फूल? या अपनी मुट्ठी से ज़्यादा मोटा मेंढक? ज़रा कल्पना करो ऐसी किसी चीज़ को सबसे पहले खोज निकालने के लिए दौड़ लगाना। जल्दी ही तुम रोल्लागाँव के खेतों, गलियों और आस-पास की पहाड़ियों का हर कोना-नुक्कड़ जान जाओगे।

'रोब़ागाँव में गुम हो जाऊं? मैं एक खोजी लड़का हूँ, निडर और आज़ाद। मुझे नहीं सताती कभी कोई चिंता।' वह ज़ोर-ज़ोर से गाने लगा, चेहरे पर कुटिल हँसी छाई थी।

माई आई और नारियल की नट्टी का बड़ा-सा चम्मच लहराकर बोली, 'इसीलिए तो मैं तुम्हारी चिंता करती रहती हूँ। चलो, अंदर चलो। खाना बढ़िया और गर्मागरमहै।'

चिंता करने के बाद माई का यह दूसरा पसंदीदा काम है – पेद्रु को खाना खिला देना। आम तौर पर तो वह मेहरबान रहता है। लेकिन आज, हालाँकि सालन की खुशबू एकदम बढ़िया थी, उसे पाई का इंतज़ार करना पड़ रहा था। वह पाई से रोब़ागाँव के पास पहाड़ी पर लगे अपने बागान में उगने वाले काजू के फलों के बारे में दो ज़रूरी सवाल पूछना चाहता था।

पाई के सिर पर उन काजुओं की कैसी सनक सवार थी! उन्हीं सिर चढ़ी काजुओं के कारण पाई (और पेद्रु भी अपनी उम्र के पूरे 9 साल) रोब़ागाँव से बाहर नहीं गए हैं।

लेकिन बस इस एक बार, काजू शायद पेद्रु की गुप्त योजना में अहम भूमिका निभाएंगे।

2

पराये

चर्रम-चूं-चर्रम-चूं। अपनी टांगों को अधीरता से पटक-पटककर पेद्रु तेज़-तेज़ झूलने लगा।

'मेरा चीकू-गाल कहाँ है?' उसने सुना कि कोई पुकार रहा है। पाई!

पाई दरवाज़े के अंदर घुसे ही थे के पेद्रु कूदकर उनसे चिपक गया और पूछा, 'पाई, क्या आपके काजू तोड़ने के लिए तैयार हैं?'

पाई ने उसके गालों पर चुटकी भरते हुए खुश होकर कहा, 'हमारे काजू? हमारे अपने पराये?'

'पराये?', पेद्रु ने पूछा, 'आप उन्हें पराये क्यों कह रहे हो?'

'मैंने तुम्हें वह कहानी नहीं सुनाई?', पाई ने पैर धोते हुए पूछा।

'यदि यह लड़का जितना समय आपकी कहानियाँ सुनते बिताता है। उतना अपनी पढ़ाई पर लगाता, तो यह अच्छा लड़का बन जाता। ऐसा नाकारा घुमक्कड़ नहीं होता।' माई बड़बड़ाई।

लेकिन पाई ने माई की शिकायतों को अनसुना कर दिया।

पाई ने अपनी कहानी शुरू की, 'जब ईश्वर ने दुनिया बना ली, काजू जनाब ने अपना सवाल दाग दिया – "मेरा बीज कहाँ है?"

पूरा ढाँचा बदलने के हिसाब से तो बहुत देर हो चुकी थी। तो ईश्वर ने बीज को उसके बाहर लटका दिया। वही बीज बेचारा काजू फल है। बेचारा अपने ही घर में 'पराया' हो गया।'

'ओह! तो काजू फल पराए हैं,' पेद्रु बोल पड़ा।

'हाँ, पेद्रु। लेकिन कहानी अभी बाकी है। काजू पहले गोवा में नहीं उगते थे। काजू के बीज पुर्तगाल के खोजियों के साथ यहाँ आए थे। इस तरह से वे दोहरे पराये हैं!'

ओफ, पेद्रु सोचने लगा। खुशकिस्मत हैं काजू जिन्होंने इतनी यात्राएं की है! काश वह भी पाई की कहानियों में खोजी होता, वह इसके लिए कोई भी कीमत देने को तैयार होता। अपनी योजना के बारे में सोचते हुए उसके चेहरे पर मुस्कान छा गई। यदि सब कुछ ठीक रहा, आह... यदि।

लेकिन पहले ज़रूरी था कि पाई उसके सवाल का जवाब दें... 'बेचारे काजू, पाई, लेकिन---'

'उन पर तरस मत खाओ....वे तो सलामत हैं। सख्तजान हैं।'

'ठीक है, लेकिन क्या वे पक गए हैं – आपके सख्तजान?'

'एकदम लाल-गुलाबी पके हुए और तोड़ने के लिए तैयार, पेद्रु।'

बस, यही तो उसे पता करना था। भात और सालन इतना स्वादिष्ट कभी नहीं लगा था।

उस रात पेद्रु ने अपने कमरे में जाकर अपना स्कूली बस्ता (स्कूल बैग) निकाला। माई की मेहरबानी से उसका बस्ता कक्षा में सबसे बड़ा था। उसकी अभ्यास पुस्तिका के अलावा, उसमें ऊन की बुनी हुए एक लाल टोपी थी (यदि उसे ठंड लगे तो), एक और बनियान था (यदि वह भीग जाए तो), हर आकार-प्रकार की पट्टियाँ थीं (यदि उसे घुटने

पर खरोंच लग जाए तो), चार टिफिन बॉक्स थे (यदि उसे भूख लगे तो) और तमाम किस्म के मलहम थे (हर किस्म के घाव या जानवर के कटे पर लगाने के लिए)। उसे अपने दोस्तों के साथ मटरगश्ती की इज़ाजत सिर्फ इस शर्त पर मिली थी कि वह वादा करे कि यह पूरा बोझ हर जगह अपने साथ लेकर चलेगा।

पेद्रु ने बस्ते को खाली किया, उसे लेकर दबे पाँव बाहर निकला और गाँव की गली से होता हुआ स्कूल के आगे निकल गया।

एक गहरी साँस लेकर उसने वह मोड़ पार किया और पहाड़ी पर पहुँच गया। काजू बागान सामने थे, काले और जाने-पहचाने। बीच-बीच में रोव्रागाँव के निशाचर जीवों की आवाज़ें रात के सन्नाटे को चीर रही थीं, लेकिन पेद्रु को बिल्कुल भी डर नहीं लगा। सावधानी पूर्वक वह पाई के बागान में घुसा। अपनी गुलैल से उसने खूब सारे सुर्ख लाल काजू टपकाए और अपने बस्ते में भर लिए। हो गया।

'खोजी लड़के हैं हम, रोक नहीं पाओगे तुम।' घर लौटते समय वह झूम-झूमकर गाता रहा। वह दबे पाँव अपने कमरे में घुसा, किसी को जगाए बगैर। अब वह कल के लिए तैयार था। अपनी योजना के दूसरे कदम के लिए।

3

गुप्त योजना

स्कूल के गेट पर पेद्रु ने बाबू का हाथ पकड़ा और उसे खींचकर दूर ले गया।

'हम एक खोज पर निकल रहे हैं।'

'ऐं... पर कहाँ? हम भाग नहीं सकते। पकड़े गए तो?' बाबू फुसफुसाया।

'श्शश, मेरे साथ आओ,' पेद्रु ने कहा। ज़ाहिर है, हर कोई जन्मजात खोजी नहीं होता। 'मुस्कराओ बाबू। आज मेरी गुलैल तुम रख लो।'

बाबू ने गुलैल ले तो ली लेकिन उसके माथे पर सिलवटें बनी रहीं।

'बाबू, मैंने आज तक की सबसे बढ़िया चुनौती सोची है', यह कहते हुए पेद्रु के हाथों के रोंगटे खड़े हो गए थे।

'दीपू और दीनू कहाँ हैं?'

'आज की चुनौती बड़े खोजी लड़कों के लिए है,' पेद्रु ने कहा, 'आज की चुनौती है... एक नया गाँव ढूँढना।'

बाबू का मुँह आश्चर्य से खुला का खुला रह गया।

'हम कर सकते हैं। मेरे पास एक योजना है,' पेद्रु ने अपनी उंगलियों को नचाते हुए कहा। ट्रिंग-ट्रिंग। सायकल की घंटी सुनकर चौकन्ने होकर दोनों लड़के समय रहते कूदकर एक ओर हो गए। यह तो पोडर था – उनके गाँव का नानबाई, डबल रोटी वाला। ताज़ा डबल रोटी – खस्ता पाव और मुलायम पोई की ज़ोरदार खुशबू सूंघते हुए बाबू मुस्कराया। पेद्रु आगे बढ़ा, योजना पर अमल करने का वक्त आ चुका था।

'रुको, नानबाई!' पेद्रु ने पुकारा। अपना बस्ता खोलकर दिखाते हुए कहा, 'देखो, मेरे पास तुम्हारे लिए क्या है।' नाईबाई ने बस्ते में झाँका जिसमें काजू ठसाठस भरे हुए थे। पेद्रु ने पूछा और साँस थामे खड़ा रहा, 'इनके बदले में तुम हमें क्या दोगे?' नानबाई उनमें से आधे खरीदने को राज़ी हो गया। जाने से पहले उसने पेद्रु का एक हाथ खनकते सिक्कों से और दूसरा हाथ उसके मनपसंद कुरकुरे कनकनों (कंगन के आकार की ब्रेड) से भर दिया।

'क्या खबर है, पेद्रु?' मगदू चाची ने पूछा। वे गाँव की कोई भी "खबर" फैलाने में सबसे आगे रहती थीं। वे अपने घर के सामने की सीढ़ियों पर बैठी अपने पालतू सूअर के बच्चों को नाश्ते से बचे पाव खिला रही थीं। पेद्रु उन्हें क्या खबर दे सकता था?

'मगदू चाची, इनके लिए आप क्या देंगी?' बचे हुए काजू उन्हें दिखाते हुए पेद्रु ने पूछ लिया।

मगदू चाची ने उन्हें सूंघकर पूछा, 'पके काजू? तुम क्या चाहते हो इनके बदले में?'

'आंsss... ज़्यादा नहीं, दो बस-टिकट के दाम?'

'बस के टिकट? कहीं जा रहे हो क्या लड़कों?' उन्होंने आँख झपकाते हुए पूछा।

'नहीं, नहीं!' पेद्रु जल्दी से बोल पड़ा। 'मेरा मतलब है... हाँ, टिकट, लेकिन हमारे लिए नहीं। और आज के लिए नहीं।'

मगदू चाची ने फिर से आँखें झपकाईं (वे आँखें बहुत झपकाती हैं) और अपना बटुआ निकाला।

उन्होंने कहा, 'अंदर आओ।' उन्होंने पेद्रु के लिए सिक्के गिने जिसने उन्हें बाकी बचे काजू दे दिए। 'तुम चाहो तो मैगी को खिला सकते हो।' मैगी उनकी पालतू बिल्ली का नाम था। उनके पास एक पालतू कछुआ, एक बकरी, दो चमचमाते कौए और एक तोता भी था।

'फिर कभी,' थोड़ा दूर हटते हुए पेद्रु ने कहा। 'अरे, मगदू चाची आपका नाश्ता तो आपके सूअर ने चट कर लिया है। ये ले लो, मैं नाश्ता कर चुका हूँ।' अपना कनकना उनकी प्लेट में डालते हुए कहा। फिर उसने बाबू का हाथ पकड़ा और फटाफट वहाँ से निकल लिया।

'भगवान तुम्हारा भला करे पेद्रु। और अगली बार थोड़े आम मेरे पेड़ों पर भी छोड़ देना। इस साल मैं चटनी बनाने वाली हूँ।' उन्होंने पीछे से चिल्लाकर कहा।

यह चमत्कार ही है कि अभी-अभी कमाए मुट्ठी भर रुपयों से क्या कुछ किया जा सकता है।

वे अपने सिक्कों को कसकर पकड़े हुए रोन्नागाँव के बाज़ार में पहुँचे। मसालों के ढेर, सॉसेजेस की लड़ियों और केलों तथा शल्की मछलियों से लबालब भरी दुकानों के बीच से धक्का-मुक्की करके रास्ता बनाते। आखिरकार उन्होंने अपनी-अपनी मुट्ठियाँ ढीली कीं। बर्फ की कुल्फियां! नमक-मिर्च छिड़की हुई केरी की फांकें, जिन्हें देखकर ही मुँह में पानी आ जाए! चमकदार नया संगमरमर (चमचमाते नए कंचे)! बैंगनी कुल्फी! इस दिन को लड़के कभी न भूलेंगे। और तो और, बाबू भी मुस्कराते हुए पेद्रु के साथ गाने लगा:

'खोजी हैं, खोजी लड़के हैं हम,
नई दुनिया देखेंगे हम।'

और...उनके पास बस टिकट के लिए पैसे बचे थे, जो उन्हें कहीं दूर ले जाएगी। असली खोज तो अब शुरू होने को थी।

पेद्रु इस बात को लेकर थोड़ा गफलत में था कि जब वास्तव में नए गाँव पहुँचेंगे, तो करेंगे क्या। सोचकर तय करने के लिए बहुत वक्त था। हाँ, एक बात साफ थी। यह उसकी ज़िन्दगी का सबसे खुशनुमा दिन था। उनके गाने और ठहाकों की आवाज़ें ऊँची होती गईं। 'खोजी हैं हम,' वे चीख रहे थे क्योंकि उन्हें ऐसा ही महसूस हो रहा था। वे ज़ोर-ज़ोर से गाते रहे... बस स्टॉप पहुँचने तक...

ROYAL
SHARAT

4

पकड़े गए!

...जहाँ धम्म, पेद्रु सीधा जाकर पाई से भिड़ गया। पाई उनका इंतज़ार करते खड़े थे, होंठ सिकुड़े हुए थे। मगदू चाची ने उनका राज़ खोल दिया था (पेद्रु को लगा कि सूअर के बच्चे से भी ऊँची आवाज़ में, और उसका सिर चकराने लगा)। पाई ने रूखी आवाज़ में कहा, 'मगदू को चिंता हो रही थी कि उन्होंने तुम्हारा नाश्ता खा लिया है और तुम्हारे पास लंच के लिए कुछ नहीं बचा है।'

ओह..हो! हर कोई उन्हें खिलाने के लिए इतना आतुर क्यों है?

लड़कों को घर की ओर मुड़ना पड़ा। उनके कीमती टिकटों को तो मसलकर फेंक दिया गया।

'मुझे कोई कहीं नहीं ले जाता,' पेद्रु ने विरोध जताया, शायद खुद से ही। 'हमारे घर से कोई कभी कहीं जाना चाहता ही नहीं।'

'था कभी ऐसा एक व्यक्ति,' पाई ने जैसे खुद से ही कहा। 'जानते ही हो, जब तुम्हें आने में देर होती है, तो माई कितनी चिंतित हो जाती है। अब उसे दस गुना.. नहीं सौ गुना

कर दो तो तुम्हें समझ आएगा कि आज उन्हें कैसा महसूस हो रहा होगा। तुम्हें देखकर उन्हें कितनी राहत मिलेगी।'

तो माई ने उसका मनपसंद खाना बनाया होगा। पेद्रु खुश हो गया। लेकिन जब वह घर पहुँचा, तो माई आग-बबूला हो रही थी।

'पेद्रु! तुम्हारी हिम्मत कैसे हुई भागने की!'

इससे पहले कि माई और भड़कतीं, पेद्रु अपने कमरे में भाग गया। वह अपने बिस्तर में पड़े-पड़े सज़ा के बारे में सोचकर डरता रहा, लेकिन शांत पाई की ओर से सज़ा तो आई नहीं, बल्कि उसने सुना कि पाई कह रहे हैं, 'अरे कटरीना, तुम अगले महीने उसे उत्तर की ओर ले जा सकती हो, अपनी माँ के पास?'

पेद्रु के कान खड़े हो गए।

माई का जवाब था, 'क्या एंटोन? वह भाग जाए, उसके बाद उसे वही दे दो जो वह चाहता है? क्या यही तुम्हारा जवाब है?' पेद्रु चिढ़कर अपने तकिये पर मुक्के मारने लगा।

और माई की बात पूरी नहीं हुई थी: 'आप बच्चे के साथ बहुत नरमी दिखाते हो। अब मैं उस पर निगाह रखूँगी। शायद मुझे चार आँखों की ज़रूरत होगी।'

तो क्या खोजी यात्रा का उसका सुनहरा मौका हाथ से गया? दुनिया का सबसे डरावना ख्याल उसके माथे में कौंध गया: क्या वह हमेशा के लिए रोत्रागाँव में कैद हो जाएगा? वे उसे कभी कहीं लेकर नहीं जाएँगे। पाई तो हमेशा अपने काजू बागान में व्यस्त रहते हैं।

पेद्रु इतनी ज़ोर से चीखा कि उसके माँ-बाप दरवाज़े के पार सुन सकें। 'मुझे तुम सबसे नफरत है और तुम्हारे सिरफिरे काजुओं से भी। मैं एक खोजी लड़का हूँ, रुको और देखो। मैं यहाँ से निकलने का कोई-न-कोई रास्ता खोज ही लूँगा।'

माई की आवाज़ ऊँची हो गई, ‘तुम और तुम्हारी खोजी सनक, पेद्रु। तुमने आज दहलीज़ लांघी है। ध्यान रखना, एक दिन तुम जागोगे और बूम, तुम्हारी सज़ा सामने होगी। मैं यह ईश्वर पर छोड़ती हूँ।’

यह चिंता की बात थी। हर बार जब माई कोई चीज़ भगवान पर छोड़ती थी, तो भगवान माई की मदद करने का कोई-न-कोई तरीका निकाल ही लेते थे।

एक बार एक पुरोहित यह शिकायत लेकर आए थे कि पेद्रु उनकी बोरा बेरियां चुरा रहा था। माई ने इसे भगवान पर छोड़ दिया था और पूरे एक सप्ताह बाद बहुत ही रहस्यमय ढंग से उसकी गुलैल गायब हो गई थी। एक बार पेद्रु ने उन लाल मिर्चियों को कुचल दिया था, जो माई ने घर के पीछे उगाई थीं। उसका सालन अगले तीन भोजन तक बेस्वाद हो गया था। अब यह काम भगवान के अलावा कौन कर सकता था?

ज़िन्दगी कितनी अन्यायपूर्ण हो सकती है।

5

मूल खोजी

पेद्रु एकदम निश्चल बैठा था, अपने बेचैन ख्यालों में खोया हुआ। थोड़ी देर बाद हल्की-सी दस्तक हुई और उसके माँ-बाप कमरे में आए।

माई ने गर्मागरम खाने की थाली सामने रखी। और हाँ! उन्होंने उसे कसकर गले लगाया और फिर चली गईं।

'पेद्रु', पाई बोले, 'तुमने तो आज हमें डरा ही दिया था, खासकर अपनी माई को।'

'क्या यह मेरी गलती है कि वह पूरी दुनिया की सबसे बड़ी चिंता की गठरी हैं? यदि उनकी चले, तो वह मुझे घर से ही न निकलने दें।'

'पेद्रु, तुम्हें क्या लगता है, तुम्हें अपना यह...क्या कहें... खोजी कीड़ा कहाँ से मिला है?' पाई ने उसके पास बैठते हुए पूछा। 'कोई और भी था जो पूरे रोज़ागाँव में भटकता रहता था। कोई था, आज भी है जो हर फूल, फल और जंतु को तुमसे बेहतर जानता है। तुम्हारी माई!'

'क्या!' चौंककर पेद्रु ने खाना बंद कर दिया। उसने इसके बारे में सोचा। माई ही तो उसके रोज़ाना के संग्रह के हर कीड़े और हर पत्ती का नाम बताती थीं। माई ही तो थीं जो हर उस पक्षी को पहचानती थीं, जो वे रविवार के दिन पिछवाड़े के आँगन में चटाई पर लेटे-लेटे देखते थे; माई ने ही तो उसे सिखाया था कि पक्षियों के आस-पास गुलैल कभी न चलाए और माई ही तो थी जो पक्षियों को सचमुच अपने हाथों में चुगने को राज़ी कर लेती थी।

'फिर क्या हुआ, पाई?'

'फिर एक दिन, तुम्हारी माई स्कूल के बाद बाहर निकली थीं, बहुत देर तक यहाँ-वहाँ घूम रही थीं। दादा उन्हें खोजते-खोजते खेतों में चले गए। उसी समय उन्हें काट लिया...'

'साँप ने!'

'हाँ।'

'हे भगवान!'

'माई को आज भी लगता है कि वह सज़ा उनके लिए थी। चलो अब सो जाओ, मेरे चीकूगाल। मैंने जो कहा, उसके बारे में सोचना।'

पाई चले गए। पेद्रु ने आँखें बंद कीं – और फिर उठ बैठा। उसके कानों में माई के शब्द गूंज रहे थे। 'ध्यान रखना, एक दिन तुम जागोगे और बूम, तुम्हारी सज़ा आ धमकेगी।'

वह किस झमेले में पड़ गया है?

6

सज़ा

अलबत्ता, इस बार पेद्रु को 'सज़ा' मिलने में पूरे तीन दिन लग गए। उसने स्कूल के रास्ते में पड़ने वाले दो पूजाघरों में केसरिया गेंदे के फूल चढ़ाए थे और उसे यकीन था कि वह अपनी शरारत से बच निकलेगा। सप्ताह के अंत तक...उस खामोश अप्रत्याशित सुबह तक ऐसा ही रहा।

बूम!

एक विस्फोट की आवाज़ ने उसे बिस्तर से पटक दिया। वह संभलकर उठा और बाहर भागा। पूरा रोल्लागाँव वहाँ जमा था। सब लोग गाँव के बाहर की टेकरी को देख रहे थे, जहाँ से अजीब आवाज़ें आ रही थीं।

धड़ाम! क्या यह पेड़ों के गिरने की आवाज़ें थीं?

व्रूम! उनके कानों में सनसनाहट होने लगी।

'अपना मुँह बंद कर लो, पेद्रु,' उसके पिता बोले, 'हमें पता था इसके बारे में। यह तो डिगडीप एक्सप्लोरर नाम की एक बड़ी कंपनी है। वे एक बड़ा गड्ढा करने की फिराक में हैं ताकि टेकरी के पीछे धातुओं की तलाश कर सकें।'

'नए खोजी, पाई?'

'इसे खनन कहते हैं। चिंता मत करो, सब ठीक हो जाएगा।'

लेकिन पाई पहले कभी इतने चिंतित नहीं दिखे थे।

हर धमाके ने पेद्रु को भी चिंता में डाल दिया। वह धीरे-धीरे पाई से दूर हटा और टेकरी की ओर जाने वाली सड़क पर दौड़ पड़ा, जहाँ से आवाज़ें आ रही थी। क्या ज़ोरदार धमाके हैं! सहमकर उसे माई के शब्द याद हो आए, 'एक दिन तुम जागोगे और बूम, तुम्हारी सज़ा सामने होगी।'

लाल धूल का एक गुबार तैरता हुआ आया और उसकी आँखों में चुभा। पेद्रु के कदम थम गए और उसने अपना माथा पीट लिया।

'सब मेरी गलती है!'

उसकी सज़ा शुरू हो चुकी थी।

एक और धमाके ने काजू के एक फल को आसमान की ऊँचाई तक उछाल दिया जो आकर उसके कदमों में गिरा। पेद्रु ने उसे उठाया, मरोड़कर काजू को अलग किया और उसे कसकर पकड़ लिया। फिर उसे जेब में पड़े एक धागे में पिरोया और अपने गले पर बाँध लिया।

'अरे सख़्तजान,' वह काजू को देखकर फुसफुसाया, 'यह ईश्वर का दंड है। मैंने क्या कर दिया! और यह खनन-वनन क्या है?'

अब क्या होने वाला है?

7

रोत्नागाँव में आफत

वह सुबह तो आने वाले महीनों में होने वाले अजीबो-गरीब घटनाओं की शुरुआत भर थी। वे पहले 'बूम' धीरे-धीरे रात-दिन लगातार चलने वाले ड्रिलिंग और खुदाई में बदल गए। इसने गाँव के लिए सतत आफत खड़ी कर दी।

पेद्रु ने माई से इस बारे में बात करने की कोशिश की कि यह कब रुकेगा...लेकिन शोर इतना ज़्यादा था। ये खदान वाले कितना गहरा गड्ढा खोद रहे थे? घर पर लोग इस ड्रिलिंग के शोर में एक-दूसरे को सुन नहीं पा रहे थे। 'बड़बड़ाना बंद करो और स्कूल जाओ,' माई चिल्लाती।

स्कूल में वे एक-दूसरे की बात सुन नहीं पा रहे थे क्योंकि लौह अयस्क को यहाँ-वहाँ ले जाते ट्रकों की घरघराहट इतनी तेज़ थी।

'घर जाओ,' शिक्षक चीखकर कहते।

घर पर भी आवाज़ें देर रात तक गूंजती रहीं। और आवाज़ें इतनी ऊँची थीं कि पेद्रु खुद अपनी आवाज़ भी नहीं सुन पा रहा था।

सुबह उठे तो सबको सिरदर्द हो रहा था।

दूसरी समस्या वह धूल थी जो खुदाई के कारण उड़ रही थी। उसने तो सबको पागल कर दिया था। रोज़-ब-रोज़, महीना-दर-दुखदायी महीना, लाल धूल और मिट्टी चारों

ओर बिखरती रही। यह उनके घरों के आस-पास, धान के खेतों और काजू के बागानों में, हर जगह बिछ गई और उनके सिरों का तो जैसे कबाड़ा ही हो गया।

माई वैसे तो हर चीज़ से निपट लेती थीं लेकिन इस धूल से नहीं निपट पाईं। वे दिन भर चिड़चिड़ी रहतीं, दिन में कम-से-कम तीन बार घर की सफाई करतीं।

एक ही अच्छी बात थी कि वे इतनी व्यस्त रहती थीं। वे यह देख ही नहीं पाईं कि यह सब पेद्रु की गलती थी। क्या वह इतनी ज़ाहिर-सी बात बताए – कि यह सब उसकी वजह से शुरू हुआ है? क्या वह माफी माँग ले? क्या तब सब रुक जाएगा? या क्या इन शोरगुल करने वाले बाहरी लोगों को यहाँ लाने का पूरा इल्ज़ाम उस पर लग जाएगा?

'श्श्श, जाओ बाहर जाकर खेलो!' माई ने अपनी झाड़ू को फटकारते हुए कहा।

इससे पहले कि उनका मन बदल जाए, वह बाहर खिसक लिया और अपने खोजी दल को जुटा लिया।

'तुम्हें क्या लगता है, आज हम कहाँ खेलेंगे?' बाबू बड़बड़ाया।

'हम किसी धूलभरे पेड़ पर नहीं चढ़ेंगे,' दीपू बोला।

'और न ही किसी चुनौती के चक्कर में धूल से सने बरगद के किसी पेड़ पर झूलेंगे,' दीनू ने जोड़ा।

इन जुड़वां भाइयों ने अभी तक पेद्रु को पूरी तरह माफ नहीं किया था कि उसने उन्हें अपनी खोजी यात्रा में से बाहर रखा था।

क्या मैं अपनी परेशानी अपनी गैंग को बताऊं?

बाबू बोला, 'दिन भर शिकायतें सुन-सुनकर मेरे तो कान पक गए हैं। मेरे पिताजी बस घर बैठे-बैठे शिकायत करते हैं कि उनके क्लैम्स और केंकड़े नदी छोड़कर चले गए हैं।'

पेद्रु ने सुझाया, 'मगदू चाची को उन्हें पकड़ने भेज दो, वे जानती हैं भगोड़ों को कैसे पकड़ना है।' यह कहते हुए वह ज़बर्दस्ती मुस्कराया। 'खुश हो जाओ!'

'हमारा क्या होगा?' दीनू चिल्लाया। 'हमारे पिताजी तो दिन भर घर पर बैठे रहते हैं और धान के खेतों का रोना रोते रहते हैं। कैसे सूख गए हैं, कितनी धूल जम गई है।'

'हूँsss,' पेद्रु ने चुटकी बजाकर कहा, 'तुम्हें तुम्हारी दादी का बनाया सालन याद है?'

दीनू और दीपू की दादी जो सालन बनाती हैं वह खूब खट्टा और तीखा होता है। एक निवाला लो और तुम्हें लगेगा कि तुम दानव बन गए हो, नाक, मुँह और कानों में से आग और धुआं जो निकलने लगेगा। लोग उन दिनों के बारे में सोचकर भी घबराते थे जब वे भात और सालन बनाती थीं।

'अपने पिता से कहो कि इस साल कम धान का मतलब है कि दादी का सालन भी कम!' पेद्रु की मज़ाक पर कोई नहीं मुस्कराया।

'पेद्रु, तुम सही कहते थे,' अचानक बाबू बोल पड़ा, 'यहाँ हमारे लिए कुछ नहीं है। यदि उस दिन तुम्हारे पाई ने हमें न रोका होता, तो अब तक हम इस झमेले से कहीं दूर पहुँच गए होते।'

'लेकिन... मैं.. इस वजह से जाना नहीं चाहता था – मेरा मतलब है...' पेद्रु ने गफलत में अपनी आँखें बंद कर लीं।

बाबू गुनगुनाने लगा, 'नई दुनियाएं देखेंगे हम। याद है तुम्हें?'

'चुप रहो,' पेद्रु चिल्लाया। दोस्तों के जाने के बाद वह भी खामोश हो गया था। अपने गुनहगार राज़ को छिपाते-छिपाते उसका पेट दुखने लगा था। काश, पाई घर पर होते तो पेद्रु अपना राज़ उन्हें बता देता। लेकिन आजकल पाई घर से जल्दी निकलने और देर से लौटने लगे थे।

लगता था कि उनकी काजू की फसल भी खनन से उठती धूल और मलबे के खिलाफ बगावत कर रही थी। उस साल बहुत थोड़े-से काजू लगे थे। तो, पेद्रु के पास एक ही राज़दार था – सख्तजान (Tuff-Nut)।

फिर एक शाम उसने नियांव...नियांव की आवाज़ सुनी, एक छोटी-सी एम्बूलेंस मगदू चाची को ले जा रही थी। उन्हें एक बड़े अस्पताल में ले जाया जा रहा था। धूल ने वह कर दिखाया था जो बरसों का ज़ोर-ज़ोर से बड़बड़ाना नहीं कर पाया था – वे हाँफ रही थीं और साँस नहीं ले पा रही थीं।

पेद्रु और बाबू तब से हर दिन उनके पालतू जानवरों को खाना खिलाने जाते थे और उनकी मायूस शक्लों को देखकर सिर हिलाते रहते थे। बरदाश्त की हद आ चुकी थी।

8

पेद्रु का फैसला

पेद्रु के भीतर कहीं एक दर्दनाक खाई बनने लगी, जो उन गड्ढों से ज़्यादा गहरी थी जो खनिकों ने खोदी थी। माई का थाली भर भात-सालन और रात भर सख़्तजानों से बातें भी उस दर्द को कम न कर सके। जब पड़ोसी के मुर्गों के कुंकड़ू-कूं ने उसे याद दिलाया कि सुबह हो चुकी है, तो उसने गले में बंधे काजू की ओर देखा और एक फैसला किया।

'मैं भी एक सख़्तजान हो सकता हूँ, सख़्तजान। मुझे पता है मैं किससे बात करूँगा। मैं उन वाहियात खनिकों से कहूँगा – ठहरो। यदि तुम नहीं रुके, तो मैं...मैं सब कुछ ईश्वर पर छोड़ दूंगा। तब तो वे डर जाएँगे।'

अब जब उसने यह फैसला कर ही लिया था, पेद्रु ने तय किया कि वह स्कूल नहीं जाएगा और खनिकों को बढ़िया फटकार लगाएगा। उसने सुबह पाई की सायकल तलाश की, लेकिन लगता था कि वे सायकल ले गए थे। अजीब है...पाई हमेशा कहते थे कि उन्हें काम पर पैदल जाना ही अच्छा लगता है।

अपनी गुलैल को कसकर थामे, पेद्रु खदानों की ओर चल पड़ा।

'मैं रोक सकता हूँ यह सब, मैं पेद्रु हूँ, ब..ब..बुलंद खोजी। मैं रोक सकता हूँ इसे।' वह बड़बड़ाता गया। उसने अपने गले में लटकते सख्तजान को थामा और टेकरी का रुख किया। यह उसके जीवन की सबसे कठिन चुनौती थी। वह उन ओछे खनिकों को ढूँढेगा और उनसे कहेगा कि वे अपने फावड़े फेंककर उसके गाँव को अपने भरोसे छोड़ दे। ईश्वर को उसे और सिर्फ उसे सज़ा देने का कोई दूसरा तरीका अपनाना होगा।

पेद्रु लड़खड़ाते हुए उस जगह की ओर बढ़ा, जहाँ उसके हिसाब से खदानें थीं। जिन पेड़ों को वह भलीभांति पहचानता था, वे पहचानने में नहीं आ रहे थे – वे या तो भूरी धूल की एक मोटी परत से ढंके थे, या नदारद थे। जब उसे लगा कि वह करीब-करीब सही जगह पर पहुँच चुका है, तो उसे एक हट्टा-कट्टा चौकीदार नज़र आया जो रास्ता रोके खड़ा था। खड़े बालों और मोटी-मोटी माँसपेशियों के कारण वह चौकीदार एक बड़ा-सा कटहल लग रहा था। ओह..हो। चौकीदार के पीछे बांस का एक छोटा दरवाज़ा था, बस। लेकिन वह उसके पार कैसे जाए? पेद्रु को पेट में थोड़ी कमज़ोरी-सी महसूस हुई। उसे नाश्ते में वह तीसरा पाव नहीं खाना चाहिए था।

सोच, पेद्रु, सोच। मिल गया! उसने एक छोटा-सा पत्थर उठाया और सावधानी से अपनी गुलैल से निशाना लगाया। एक ही बार में उसने दो पके हुए अमरूद टपका दिए, ऐन चौकीदार के सिर पर। 'ब्लग, कौन है, ब्लग, थू...', चौकीदार का ध्यान भटका, और इस बीच पेद्रु उसके बाजू से निकलकर दरवाज़े पर से कूद गया। हाँ!

लेकिन आखरी घुमावदार, धूलभरे टुकड़े पर भागते हुए, उसके होंठों पर आई मुस्कराहट गुम हो गई। वह उस शोर भरे स्थान के नज़दीक पहुँच रहा था, जिसने उन्हें रात-रात भर जगाए रखा था। वहाँ लगे एक साइनबोर्ड पर लिखा था 'खतरा। बगैर अनुमति प्रवेश वर्जित।'

पेद्रु के पाँव तो उसे आगे धकेल रहे थे, लेकिन मन उतना पक्का नहीं था।

ठहरो। डर के मारे उसका शरीर थर्रा रहा था या ज़मीन डगमगा रही थी? क्या वे पहाड़ियाँ हैं। या उन्हें खरोंचकर निकाला गया मलबा? क्या यह किसी जंगली जानवर की

चीख थी, या बुलडोज़रों और ट्रकों की अफरा-तफरी की वजह से उसके कान बजने लगे थे? थर्राते हुए पेद्रु ने सामने वह विशाल गड्ढा देखा जो लाल-लाल क्रोधित पहाड़ियों के बीच टपक पड़ा था। जब आखरी बार उसने उन्हें देखा था, तब से पहाड़ियाँ बहुत बूढ़ी लग रही थीं। उनके नंगे, गहरी झुर्रियों वाले ढलान को देखकर वह लगभग चिल्ला ही पड़ा।

कहाँ थे वे खुदाई करने वाले और उनके फावड़े और गेतियां?

उनकी बजाय – उसकी ओर आता वह राक्षस क्या था? पास आने पर उसने देखा कि उस दैत्याकार खुदाई मशीन के लोभी जबड़े लाल मिट्टी को उठा रहे हैं। नीचे वह एक चौड़ा गड्ढा बना रहा था। वह लगातार करीब...और करीब आता जा रहा था। 'मैं हूँ पेद्रु, एक ब..ब..बा...,' वह चीखने को था, लेकिन चीख नहीं पाया। बल्कि वह मुड़ा और भाग खड़ा हुआ। दिल ज़ोर-ज़ोर से धड़क रहा था, घर पहुँचने तक वह साँस लेने को भी नहीं रुका।

उसके दिमाग में एक मायूस ख्याल कौंधा – अब मैं भी एक कायर हूँ! सिर्फ भाग निकलने के लायक। जब दिमाग में उस खदान-गड्ढे की तस्वीर उभरी, तो उसकी मायूसी गुस्से में बदल गई और उसका चेहरा लाल-लाल पहाड़ियों की तरह तमतमा गया।

चीज़ों को बेहतर बनाने का कोई तो रास्ता होगा। लेकिन बात बिगड़ती गई।

9

मटके वाले लड़के

एक शाम पाई भागते हुए घर आए, सीढ़ियों पर पाँव डगमगा रहे थे और मुँह में शब्द। 'वे वॉटर टेबल तक पहुँच गए हैं लेकिन खुदाई रोकी नहीं है,' वे बोले, 'मैंने अपनी आँखों से देखा।'

लगता नहीं था कि उस रात पेद्रु को पाई से कोई कहानी सुनने को मिलेगी। ठहरो... पाई खनिकों के आस-पास क्या कर रहे थे?

पाई ने मायूस आवाज़ में बात जारी रखी, 'वॉटर टेबल के नीचे खुदाई! जानते हो, इसका मतलब क्या होता है? खदानों की मशीनें हमारे नदी-नालों का पानी खींच लेंगी और हमारे कुओं को सुखा देंगी।'

'पानी के बिना हमारा काम कैसे चलेगा?' माई चीखीं।

पेद्रु को एक आइडिया सूझा, एक ऐसा आइडिया जो एकदम जीनियस था।

हम मदद कर सकते हैं! पेद्रु, बाबू, दीपू, दीनू। उनसे बेहतर कौन जानता होगा, पानी के वे गुप्त स्रोत जो उन्होंने अपने खोजी अभियानों में ढूँढे थे। जैसे कब्रिस्तान की जंगली बेर की झाड़ियों के पीछे वह झरना।

पेद्रु माँ का छोटा मटका लेकर वहाँ गया और रोज़ाना धैर्यपूर्वक उसे पानी से भरता रहा। यह एक सप्ताह तक चला जब तक कि झरना छोटी-छोटी बूंदों में न बदल गया।

जब यह टिप-टिप भी खामोश हो गई, बाबू को गाँव के सिरे पर स्थित 'भुतहा घर' की याद आयी। इंजिन ड्राइवर का बेटा बहुत दिन पहले वहाँ ताला लगाकर चला गया था। उस घर में एक गहरा कुआं था जो बेकार पड़ा था। उसमें एकदम शरबत जैसा मीठा पानी था।

जब खदान की धूल से इसका पानी लाल पड़ गया, तो दीपू की बारी आई! अपनी छोटी-छोटी टांगों पर चलकर वह जहाँ पहुँचा, वहाँ एक गुप्त तालाब था। (यह आज तक गुप्त ही है क्योंकि वह किसी को नहीं बताता है कि तालाब है कहाँ।)

उनकी सफलता की कहानी चारों ओर फैल गई और खोजी लड़कों के पास अनुरोधों की कतार लग गई। स्कूल के बाद पूरी शाम वे अपने गुप्त जल स्थलों पर जाते और गाँव वासियों के मटके भर-भरकर लाते।

इसके चलते उन्हें एक नया नाम मिल गया – मटका लड़के। उन्हें प्यार भी खूब मिला, गालों पर चिमटियाँ और ढेर सारी टॉफियाँ। उनके रोज़ाना के खोजी खेल की अब एक ही चुनौती थी – कौन सबसे पहले पानी खोजेगा? रोन्नागाँव के चालीस से ज़्यादा परिवारों के चलते, इसने उन्हें खूब व्यस्त रखा।

इस खोजी गैंग के अलावा, पेद्रु का एक पक्का दोस्त सख्तजान बना रहा। छोटी-सी सख्तजान उसके गले में लटकती रही। शोर और धूल के कारण खेलकूद के कई पुराने साथी स्कूल में ध्यान नहीं लगा पाते थे, कई बीमार पड़ गए। कुछ गाँव छोड़कर, पेद्रु को छोड़कर जाने लगे। गाँव के अन्य बाशिंदे – पक्षी, गिलहरियां और खरगोश भी गायब हो गए। मगदू चाची लौट आईं लेकिन अब वे पुरानी वाली मगदू चाची नहीं थीं। वे पूरे दिन घर में अंदर बैठी रहतीं, दरवाज़े-खिड़कियाँ बंद करके। और वे सुनना ही नहीं चाहती थीं कि क्या चल रहा है।

इस दौरान सिर्फ खोजी लड़के ही पानी की तलाश नहीं कर रहे थे। नानबाई ने कसम खाकर कहा कि उसने धुंध भरी एक सुबह के समय एक प्यासे मगरमच्छ को अपनी गलियों में रेंगते देखा था।

लेकिन पेद्रु की सबसे बड़ी समस्या न तो गायब होता पानी था और न ही नदारद होते दोस्त। उसकी सबसे बड़ी समस्या थे पाई।

10

पाई

धूल की वजह से गाँव वासियों के खेतों और फसलों की बरबादी बढ़ती ही जा रही थी। कई लोग तो डिगडीप एक्सप्लोरर के लिए काम करने लगे थे। डिगडीप एक्सप्लोरर एक बड़ी खनन कंपनी थी। लेकिन पाई ने उससे कोई सम्बंध रखने से इन्कार कर दिया। हर रोज़ सुबह, सूरज उगने से पहले, वे अपने बचे-खुचे काजू के बागान में जाते। अपने पेड़ों को जिलाने के बारे में वे जो कुछ जानते थे, वह सब उन्होंने आज़माया लेकिन नाकाम रहे। काजू की फसल इस मौसम में तो जी नहीं पाएगी। उन्होंने ज़ोरदार आवाज़ में खनन कार्य का विरोध करना शुरू कर दिया। इसके चलते उनके दोस्त उनको लेकर बहुत चिंतित हो गए। उन्होंने चेताया, 'ध्यान रखना, एन्टोन।' खनन कंपनी बड़ी और शक्तिशाली थी और रोन्नागाँव के लोग छोटे थे।

एक शाम पाई घर आए, अपना टिफिन बॉक्स बाहर रखा और अंदर गए।

'मैंने यह नई तरकारी बनाई है, खाकर देखो,' माई ने मनाने की कोशिश की।

'क्या फायदा? हर चीज़ में धूल का स्वाद आता है!' पाई बोल पड़े।

'खाना तो पड़ेगा, न। तुम आजकल अपने काजुओं जैसे ही सिकुड़ रहे हो।' माई बोलीं।

ओह...हो। पाई ने कहा, 'मुझे बिल्कुल भूख नहीं है।'

पेद्रु का पूरा ध्यान खुद अपनी थाली पर था, जिसमें माई ने पाई का हिस्सा भी डाल दिया था।

'तुमने सुना क्या? बाबू के पिता अपने घर की पुताई कर रहे हैं।' माई कहने लगी, और बर्तनों की आवाज़ के साथ खाने को एक ओर कर दिया।

पाई बोले, 'अच्छा हो यदि वे लाल रंग से पुताई करें, उस पर धूल नज़र नहीं आएगी।'

बाबू के पिता ने क्लैम पकड़ने का काम छोड़ दिया था और अब वे खनन कंपनी के छः चमचमाते ट्रक संभालते थे। उनका परिवार कहीं ज़्यादा आराम से जी रहा था। वे न सिर्फ दीवारों की पुताई बल्कि छत की मरम्मत का खर्चा भी उठा पा रहे थे।

'पाई, बाबू को नई फुटबॉल मिली है। और एक टी-शर्ट भी। उस पर छपा है, "Don't Messi with me". उसके पिताजी एक मेरे लिए भी लाए हैं, देखो!'

'फुटबॉल खेलने के लिए मैदान कहाँ है? बारिश के बाद देखें हैं क्या तुमने? खनन का पूरा कचरा बहकर वहाँ भर गया है। तुम्हारा प्यारा फुटबॉल का मैदान तुम्हारी माई की लाल भाजी जैसा दिखता है, मसला और कुचला हुआ।'

'पेद्रु, वो टी-शर्ट पहन लो और खाना खत्म करो,' माई बोली। 'एन्टोन, सुनो। मेरे पास एक आइडिया है। तुम्हारे बागान अब पहले जैसे तो नहीं हैं। लेकिन तुम्हें आजकल सब्ज़ियों के भाव तो पता ही हैं। मैं सोच रही थी। घर के पीछे हमारे पास एक छोटा कमरा है...'

'नहीं,' पाई ने शांति से कहा।

'पहले सुनो तो सही। खदानों में शहर के लोग हर महीने आते हैं। उन्हें ठहरने के लिए जगह की ज़रूरत होती है। एक दिन, दो दिन। एक छोटी-मोटी हॉस्टल की तरह। मैं उन्हें...'

'नहीं कटरिना,' पाई ने आवाज़ चढ़ाकर कहा, 'उन खदानों से कोई भी हमारे घर में कदम नहीं रखेगा।'

'तुम्हारे पास तो सारे जवाब हैं! तो मुझे बताओ – मैं थाली में खाना कहाँ से परोसूंगी?' माँ चिल्लाईं।

पाई बोले, 'मेरे पिता, और उनके पिता, और उससे भी पहले उनके पिता ने इन काजू बागानों में काम किया है। जानती भी हो, इन खदान कंपनियों ने हमारे बागानों की क्या हालत कर दी है, थोड़े सी नामुराद धातु के लिए?'

पेद्रु ने कहा, 'बाबू ने मुझे बताया कि हमें उन खदानों से चमकदार धातु की ज़रूरत है। वरना हम कारें या इमारतें कैसे बनाएंगे?'

उसके ये शब्द हवा में ठहर गए, जैसे धुआं टंगा रहता है।

'बाबू के पिता, बाबू के पिता! मैंने उनका 'नया' घर देखा है, चारों ओर चमचमाता,' पाई बोले, उनके होंठ थरथरा रहे थे, 'तुमने यह देखा है?' उन्होंने दीवार पर मुक्के मारते हुए पूछा। 'रोन्नागाँव की मिट्टी से बना। यह सबसे चमकदार धातु के गल जाने के बाद भी खड़ा रहेगा!'

पेद्रु ने तुरंत विषय बदल दिया। 'पाई, आपको आपका लंच बॉक्स मिल गया? आप सुबह ले जाना भूल गए थे।'

'तुमने जाकर पाई को नहीं दिया था?' माई का सवाल था।

'मुझे तो वे खेतों में कहीं मिले ही नहीं। मैंने बॉक्स को दरवाज़े के बाहर रख दिया था।' इससे पहले कि पाई कुछ कह पाएं, पेद्रु ने कह दिया।

माई टिफन बॉक्स देखने बाहर भागी। और एक चीख लगाई, 'आईsss!'

11

क्रूर झटका

पेद्रु और पाई बाहर दौड़े। माई की चीख का कारण लंच बॉक्स नहीं थे। उन्हें तो छुआ तक नहीं गया था। उन बॉक्स के नीचे उन्हें एक प्लेकार्ड मिला था, गले में लटकाने वाला। पाई ने उस पर मोटे काले मार्कर से लिखा था: 'हमें अपने खेत चाहिए, पानी चाहिए और डॉक्टर चाहिए, खदान वाले नहीं'

'यह क्या है?' उन्होंने पाई से पूछा। 'तुम्हारा इरादा क्या है, एन्टोन?'

ठहरो। क्या पाई खदान वालों की जासूसी करते रहे हैं? कहीं सुबह वे वहीं तो नहीं थे?

माई की आवाज़ ऊँची और तीखी थी: 'इसे किस-किसने देखा है?'

पाई ने जवाब नहीं दिया, उठकर बिस्तर पर चले गए। पेद्रु ने साँस छोड़ते हुए सोचा, यही करने का समय है। आजकल चल क्या रहा है, उसे आधा भी समझ नहीं आ रहा था। वह सुन सकता था कि बाहर माई पानी की टंकियों को लात मार रही हैं।

लेकिन उस रात का सबसे क्रूर झटका तो आना बाकी था। सुबह रोज़ाना की तरह कुंकड़ू..कूं के अलार्म की बजाय उन्हें दरवाज़े पर ठक-ठक ने जगाया। दो उजड्ड पुलिस अधिकारी धक्का मारकर अंदर घुस आए। पेद्रु और माई कुछ कह पाते, उससे पहले ही वे पाई को गिरफ्तार करके ले गए।

12

विरोध प्रदर्शन

अगले कुछ दिन गफलत में गए। पाई चले गए थे और पेद्रु को माई भी बहुत कम दिखती थीं। कभी-कभी वे उसके लिए खाना रखकर चली जाती थीं, कभी-कभी उनके पास समय नहीं होता था।

पाई को रोत्नागाँव की "शांति भंग" करने के आरोप में गिरफ्तार कर लिया गया था। वे खदान वालों की जासूसी कर रहे थे। बाज़ार में खदान के काम के खिलाफ उनके विरोध प्रदर्शन में काफी भीड़ जुटने लगी थी। इसने शक्तिशाली खदान कंपनी का ध्यान आकर्षित किया था और कंपनी ने पुलिस से अनुरोध किया था कि पाई को गिरफ्तार कर ले। पुलिस ने उन्हें इतनी दूर एक में रखा था कि पेद्रु को उनसे मिलने नहीं ले जाया गया।

पेद्रु को उनकी बहुत याद आती थी। क्यों ज़िन्दगी पहले जैसी नहीं हो सकती? पेद्रु के मुँह पर से गुम मुस्कान को देखकर बाबू, दीपू और दीनू ने तय किया कि कुछ तो करना ही होगा। उन्होंने गाँव के लोगों से बात की। सब लोगों ने तय किया कि वे साथ आकर मटका लड़कों की मदद करेंगे। सब लोग हाथों में प्लेकार्ड लेकर बाज़ार में इकट्ठे हुए। उनमें धान के किसान और काजू बागानों के मालिक, क्लैम और केंकड़ा पकड़ने वाले मछुआरे शामिल थे। उनके प्लेकार्ड पर माँग लिखी थी कि पुलिस पाई को छोड़ दे। दिन बीतते गए मगर पाई लॉकअप में ही रहे।

WE WANT JUSTICE
NEW CAFE
RELEASE ANTON FROM
RELEASE ANTON NOW
WE WANT JUSTICE
WE WANT JUSTICE
REUNITE ANTON AND HIS FAMILY
FREE ANTON
?
NO MORE JAIL FOR ANTON
FREE ANTON

फिर बाबू के पिता रोत्नागाँव माइनिंग ट्रक ओनर्स एसोसिएशन (रोत्नागाँव खदान ट्रक मालिक संगठन) के अपने सारे दोस्तों के साथ विरोध में शामिल हो गए। उन्होंने खदान कंपनी के लिए तब तक ट्रक चलाने से इन्कार कर दिया जब तक कि पुलिस पाई को छोड़ नहीं देती। बड़ी खदान कंपनी काम तो रुकने नहीं दे सकती थी। कंपनी को ट्रकों की ज़रूरत थी। गाँव वालों को शांत करने की उम्मीद में कंपनी ने पुलिस से एन्टोन को छोड़ देने को कहा।

पाँच दिन बाद पाई को छोड़ दिया गया और वे माई के साथ घर लौटे। पेद्रु खुशी से पागल हुआ जा रहा था। वह पाई से लिपट गया, वह नहीं चाहता था कि वे कहीं जाएं। यह तो बेहतर समय की शुरुआत थी। फिर पाई और माई इतने मायूस क्यों दिख रहे थे?

'छोड़ों, पेद्रु, बैठो। चलो बातें करते हैं,' पाई बोले। उसके बाद वे किसी क्लैम की तरह बंद हो गए और सारी बातें माई को बताने दीं।

माई ने कहा, 'हम लोगों ने एक फैसला कर लिया है।' साथ ही वे कमरे को साफ-सुथरा करती गईं, लेकिन पेद्रु की ओर नहीं देखा।

'क्या, हमारा घर एक होस्टल? येsss!' पेद्रु चहका। यह तो सचमुच बढ़िया हो रहा है।

'नहीं,' माई बोली, 'हमने तय किया है कि हम रोत्नागाँव छोड़ देंगे।'

12

एक इकबालनामा और एक दुआ

एक इकबालनामा और एक दुआ

'रोत्नागाँव छोड़ देंगे?' पेद्रु चीखा।

'जब तक खनन चलेगा, हम यहाँ नहीं रह सकते।'

'ले...लेकिन...'

'तुम हमेशा से दुनिया की खोजबीन करना चाहते थे,' माई ने धीमे से कहा, 'हम एक बड़े शहर चले जाएँगे। देखने को ज़्यादा जगहें होंगी।'

क्या वह यही चाहता था? क्या पता।

'क्या वहाँ ज़्यादा बड़ी पहाड़ियाँ हैं?' उसने पूछा। (पाई क्यों कुछ नहीं कह रहे हैं?)

'कोई पहाड़ियाँ नहीं,' माई बोलीं, 'लेकिन इमारतें इतनी बड़ी-बड़ी जैसे दो पहाड़ियाँ एक के ऊपर एक रखी हों। पाई को किसी इमारत में केयरटेकर का काम मिल जाएगा।'

'कम-से-कम वहाँ की नदियों में ज़्यादा मीठा पानी तो होगा?'

उसे बिस्तर में सुलाते हुए उन्होंने इतना ही कहा, 'हमें पानी के बारे में फिर कभी चिंता नहीं करनी पड़ेगी।'

पेद्रु ने देखा कि माई अपनी साड़ी के पल्लू से अपनी आँखों से टपकता आँसू पोंछ रही थी।

माई... रो रही हैं? वह बिस्तर में छटपटाया, फिर से खुद को दोषी मानते हुए।

'माई, मुझे माफ कर दो,' वह फफक पड़ा। 'जब मैं बाबू के साथ भागा था तो मैं परेशानी पैदा नहीं करना चाहता था। हम वापिस लौटने वाले थे, माई। कसम से!'

'क्या बड़बड़ा रहे हो, पेद्रु?' माई ने पूछ लिया।

'जिस दिन पाई हमें बस स्टॉप से वापिस लेकर आए थे। उसके बाद से हमारी समस्याएं...'

'ओहो! अब हमारे सामने ज़्यादा बड़ी समस्याएं है, श्श्श। तुम सुरक्षित हो। वह कहानी तो खत्म हो चुकी है।'

'लेकिन वह खत्म नहीं हुई है। ईश्वर मुझे माफ क्यों नहीं करेंगे? बात तो बिगड़ती ही जा रही है, हज़ार गुना बिगड़ चुकी है।' पेद्रु ये कहता रहा।

'अरे? पेद्रु इन सब बातों के लिए यह वक्त नहीं है। हमें अच्छी नींद की ज़रूरत है। कल बात करेंगे। गुड नाइट, पेद्रु।'

माई के कमरे से जाने के बाद पेद्रु अपने विचारों के साथ अकेला बैठा रहा। रोलागाँव छोड़ दें किसी शहर के लिए? जल्दी ही वह – पेद्रु – अपने घर और दोस्तों से दूर "बाहरी" हो जाएगा। उसकी सज़ा पूर्ण हो चुकी थी। जब पाई ने उसे भागने से रोका था, तब पेद्रु ने ऐलान किया था, 'मैं निकल भागने का कोई न कोई रास्ता तो ढूँढ ही लूँगा।' ईश्वर ने सबसे बुरा रास्ता ढूँढ निकाला है ताकि वह अपने बात पर अमल कर सके।

पेद्रु अपने घुटनों पर गिरकर प्रार्थना करने लगा। 'मुझे माफ कर दो,' वह रोने लगा, 'मैं फिर से नहीं भागूंगा। कृपया, कृपया, यह सज़ा वापिस ले लो।'

बाहर, उसने दिन के आखरी ट्रकों की घरघराहट सुनी जो खदानों से वापिस लौट रहे थे। उसे गिड़गिड़ाने की बजाय ईश्वर को मनाने का कोई बेहतर तरीका ढूँढना होगा।

'अरे... मुझे कोई नई सज़ा दे दो। मैं एक खोजी लड़का हूँ...मैं किसी भी चुनौती का मुकाबला कर सकता हूँ।'

क्या वह सचमुच किसी भी चुनौती का सामना कर सकता है? उसके दिमाग में वह छवि उभरी कि कैसे वह डरकर खदान के गड्ढे से दूर भाग रहा था। उसने ज़ोर की आवाज़ में कहा, 'ठीक है, कभी-कभी मैं कायर हो जाता हूँ, लेकिन मैं बदल सकता हूँ। मैं तुम्हें दिखा दूँगा। मैं...मैं वापिस खदान पर जाऊँगा। मैं कर सकता हूँ। हुंsss... अँधेरे में! अभी!'

14

एक परेशान करने वाली खोज

पेद्रु धीरे-धीरे खड़ा हुआ और जाने की तैयारी करने लगा। अब चूँकि उसने एक नई चुनौती का ऐलान कर दिया था, तो बेहतर होगा कि वह जल्दी-से-जल्दी उसका सामना करे, इससे पहले कि वह घबरा जाए। क्या उसे पता नहीं था कि ईश्वर आसानी से माफ नहीं करता?

उसने अपनी गुलैल झोले में डाली, पक्का कर लिया कि सख्तजान उसके गले में लटकी है, और फिर चुपचाप निकल पड़ा।

अपने कंधों को सीधा रखते हुए, पेद्रु उस सुनसान, छायादार सड़क पर चल पड़ा। उसने संकल्प कर लिया था कि वह सीधे खदान के गड्ढे तक जाएगा और उससे नज़रें मिलाएगा।

चारों ओर अजीब-सा सन्नाटा था। अचानक एक चितकबरे उल्लू की तेज़ आवाज़ ने उसे चौंका दिया। उसकी टांगें कमज़ोर पड़ने लगीं। वह खदान तक जाए क्या? या वापिस

घर भाग जाए? उसने कभी इतना अकेलापन महसूस नहीं किया था, जब निर्णय में मदद के लिए कोई न हो।

तेज़ हवा का एक झोंका आया। उसकी गर्दन में पड़ा धागा टूटा और सख्तजान उड़ चला। अब तो पेद्रु के पास कोई चारा नहीं था।

वह सख्तजान के पीछे दौड़ा।

उसकी आँखें रात की मद्धिम रोशनी की अभ्यस्त हो चुकी थीं। एक लंबे घुमावदार रास्ते पर पीछा करते-करते आखिरकार उसने सख्तजान को देख ही लिया, एक चट्टान पर पड़ी थी वह।

'भगवान का शुक्र है, तुम यहीं हो!' पेद्रु ने बहुत सुकून से कहा। उसने सख्तजान को कसकर थामा, और, उस पल उसे अपना दिमाग एकदम साफ और दिल हल्का महसूस हुआ। वह अकेला नहीं था।

उसने अपनी आँखें बंद कीं और एक सेकंड के लिए रुका। तभी उसे दूर से टपटप की ध्वनि सुनाई पड़ी।

'पानी है क्या?' वह सख्तजान को देखकर फुसफुसाया। क्या यह कोई नई, अब तक न देखी गई जलधारा है?

उसने ध्यान लगाकर सुना – यह तो पानी ही है। उसे क्या करना चाहिए? पानी की ध्वनि की ओर जाने का मतलब था किसी अनजाने इलाके में जाना।

'चलता रहता हूँ, हाँ?' उसने सख्तजान से कहा। उसी ने तो उसे इस जगह पहुँचाया था। इसका कोई कारण ज़रूर रहा होगा। रात की ठंडी हवा में उसकी कंपकंपी छूट गयी। झोले का वज़न उसे महसूस हो रहा था। ठहरो, झोला... वह तो एकदम सही-सलामत है! जैसे-जैसे वह कलकल की ओर बढ़ा, आवाज़ तेज़ होती जा रही थी। वह झोले से छोटी-मोटी चीज़ें निकाल-निकालकर रास्ते पर बिखराने लगा। इससे वहाँ निशानदेही

हो गई, जिसके सहारे वह घर लौट सकता था। उसने हाफपैंट और बनियान, टिफिन का डिब्बा और टोपी भी गिरा दिए।

एक टूटी चट्टान पर पैर के पंजे में चोट आ गई लेकिन वह आगे बढ़ता रहा (झोले में रखी माई की पट्टियाँ उसके पैर की उंगलियों के लिए बढ़िया काम आईं।)

'सख्तजान, ज़रा सोचो, जब माई साफ पानी के नए स्रोत के बारे में सुनेंगी तो उनका चेहरा कैसे खिल उठेगा।' उसके कान जिधर ले गए, वह उसी दिशा में आगे बढ़ता गया।

पेद्रु के कानों ने उसे धोखा नहीं दिया था। लंबी चढ़ाई के बाद, वह एक अजीब-सी काली दीवार के सामने पहुँच गया। यह एक मज़बूत दीवार थी और लगता था कि चट्टानों और खदान के कचरे से बनाई गई थी। अचानक बादलों के पीछे से चाँद झांकने लगा। उसकी हल्की-सी रोशनी में दीवार चमक रही थी। उसे देखते ही पेद्रु जड़ हो गया।

एक गाढ़ा, कीचड़ दीवार की दरारों में से रिस रहा था। लगा कि यह कोई बड़ी खोज नहीं थी। दरअसल, पेद्रु को लगा कि यह कोई आपदा साबित होने वाली है!

15

घर

'बचाओ!' पेद्रु चीखा। लेकिन आस-पास कोई नहीं था, जो मदद करे। उसने अच्छे नसीब की कामना में सख्तजान को तीन बार दबाया। फिर अपने छोड़े गए निशानों के सहारे वह जितना तेज़ भाग सकता था, भागा। जल्दी ही वह अपने गाँव पहुँच गया। वह इतनी ज़ोर-ज़ोर से चीख रहा था कि सिर्फ माई और पाई ही नहीं, गाँव के कई लोग यह देखने बाहर निकल आए कि हुआ क्या है। उसकी बात पूरी होते-होते, चीखने में वह अकेला नहीं रह गया था।

पेद्रु उन्हें रिसाव वाली जगह पर लेकर गया। सबके मुँह खुले के खुले और आँखें फटी की फटी रह गईं। माई ने समझाया कि खदान कंपनी द्वारा बनाई गई इस दीवार को "टेलिंग्स बांध" कहते हैं। इसके पीछे वे खुदाई से बचा सारा कीचड़ भरते हैं। अब उसी का पानी रिस रहा है।

टॉर्च और लालटेनों के उजाले में जितना हो सके, गाँव के लोगों ने उन दरारों को बंद करने की कोशिश की। कांपते हुए और जल्दबाज़ी में उन्होंने जो हाथ आए उन चीज़ों का उपयोग किया – खदान की मिट्टी, पत्थर और रेत की बोरियाँ। पाई ने स्थानीय

अधिकारियों को फोन करके बांध की मरम्मत में मदद की गुहार की। इसके बाद वे इन्तज़ार के अलावा और क्या कर सकते थे। हवा में ठंडक के बावजूद पेद्रु के गले पर से पसीने की बूंदें बहने लगी थीं।

बाबू के पिता ने पानी को रोकने के लिए लगाए उन थेगलों को देखकर कहा, 'क्या ये कीचड़ भरे पानी के सैलाब को दीवार फोड़कर बहने से रोक पाएँगे?'

पेद्रु भौंहे सिकोड़े उफनते सैलाब को सुनता रहा। 'पाई,' वह फुसफुसाया, 'यदि यह फूट गया, तो रोल्लागाँव का क्या होगा?'

जवाब में पाई सिर्फ अपने होंठ चबाते रहे।

'पेद्रु, तुमने खूब मदद कर दी है,' माई ने कहा, 'चलो, मैं तुम्हें घर ले चलती हूँ। तुम्हें नींद की ज़रूरत है। और कपड़े बदलने की भी!'

पेद्रु ने अपने माता-पिता और आस-पास खड़े दोस्तों की चिंतित शक्लें देखीं। कुछ लोग प्रार्थना कर रहे थे। कुछ लोग सबका जोश बनाए रखने के लिए धीमी आवाज़ में गा रहे थे। सब हाथ में हाथ डाले खड़े थे, रिसाव बढ़ने का अंदेशा होते ही आगे आकर मरम्मत करने को तैयार।

पेद्रु बोला, 'मैं भागकर कहीं नहीं जाने वाला।' यह कहते हुए पहले वह कभी इतना दृढ़ नहीं था। 'यह गाँव मेरा भी घर है।'

12

बच गए

जब फीका-सा सूरज उगा, तो बड़ी खुशी छा गई। हवा में थोड़ी गर्मी आ गई थी लेकिन जब पेद्रु ने सामने देखा तो रोमाँच और राहत से कंपकंपा गया। बाँध की मरम्मत करने एक टीम आ गई थी। तब तक गाँव के लोगों ने सरसराते पानी को रोके रखा था।

'हमने कर दिया,' वह खुद से फुसफुसाया।

'हमने कर दिया!' सारे गाँव वाले बोल पड़े। उन्होंने पेद्रु को घेर लिया और उसकी पीठ थपथपाने लगे। 'शाबाश!' 'बहादुर लड़का!'

'ओए खोजी,' कहकर माई हँसीं और उसे अपने कंधों पर बैठा लिया। 'तुम्हें खोजी यात्राओं से दूर तो कोई नहीं रख सकता। लेकिन क्या तुम खोज का सबसे अच्छा हिस्सा जानते हो?'

'घर की राह पकड़ना!' और वे उसी ओर चल पड़े, पेद्रु रास्ता दिखा रहा था।

सुबह के साफ आसमान को निहारते हुए वह बुदबुदाया, 'धन्यवाद ईश्वर। आपने हमें बचा लिया। यदि एक पत्थर भी खिसक जाता तो कीचड़ का सैलाब रोत्रागाँव के बचे-खुचे खेतों को भी तबाह कर देता।'

यह वाकई एक साहसिक बचाव था, जिसका असर उस सुबह पाई के ख्याल में भी नहीं आए थे।

इस घटना ने सबका ध्यान खींचा। दूर-दूर से पत्रकार वहाँ आने लगे। भारतीय खनन ब्यूरो के अधिकारी सवालों के साथ आए। पता चला कि खदान कंपनी ने बांध को सुरक्षित बनाने के लिए उतना खर्च नहीं किया था, जितना करना चाहिए था।

और तो और, जब पत्रकारों और अधिकारियों ने ज़्यादा छानबीन की तो पता चला कि कंपनी के पास खदान शुरू करने के लिए ज़रूरी मंज़ूरियाँ तक नहीं थीं।

रातों-रात खदान बंद कर दी गई। ट्रक और ट्रैक्टर, ड्रिल, बुलडोज़र सब थम गए। एक बार फिर रोलागाँव में खामोशी पसर गई।

जल्दी ही इस सन्नाटे का स्थान जश्न के शोर ने लिया।

उस सप्ताह गाँव में घुमट की थाप पर खूब नाचना हुआ। मगदू चाची ने सबको स्वादिष्ट तोहफा दिया – मीठी, चिपचिपी चटनी जिसमें आम के लाजवाब टुकड़े पड़े थे।

माई और पाई पेद्रु से यह पूछना नहीं भूले कि वह रात के समय खदान के पास क्यों था, लेकिन फिर उन्होंने उसे माफ कर दिया। गाँव के और लोगों के साथ मिलकर उन्होंने पेद्रु को एक तोहफा देकर आश्चर्यचकित भी कर दिया – एक नई सायकिल।

17

मगदू की सलाह

पाई ने गाँव के सारे लोगों की बैठक बुलाई

'हमारा पेद्रु अद्भुत था,' पाई ने कहा, 'लेकिन सब कुछ बहुत देर से हुआ। कम-से-कम हमारे काजुओं के लिए तो बहुत देर हो गई। कटरीना और मैंने तय किया है कि हम जा रहे हैं। यही एक रास्ता है। क्या कोई तरीका है कि हम अपनी ज़मीन बेच सकें?'

'सब कुछ करने के कई तरीके हैं,' बाबू के पिता बोले। 'हम एक टीम बनाकर खदान को अपने हाथों में ले सकते हैं। इस बारी हम नियम बनाएंगे: कितना खनन करें, कब और कैसे करें।'

'और खनन नहीं। देखो इसने हमारे खेतों का क्या हाल कर दिया है!' एक ग्रामीण चीखा। 'हम अपने खेत नहीं छोड़ सकते और नहीं छोड़ेंगे।' समवेत स्वर में यह बात सुनाई पड़ी।

'आपको ज़रूरत भी नहीं है,' यह कहकर मगदू चाची ने आदमियों को चौंका दिया।

'मगदू, तुम्हें भी हर चीज़ के बारे में सब कुछ पता नहीं है,' बाबू के पिता हल्के से मुस्कराते हुए बोले।

‘मुझे पता है कि पोडर ने सिओलिम की मीनाताई से क्या सुना था, जो उन्होंने दिलीप मल्लाह से सुना था, वही जो...’

‘आपने क्या सुना, मगदू बाई?’

‘कि उसकी बहन के गाँव ने क्या किया था, जब दस साल पहले वहाँ खनन समाप्त हो गया था। और आज उनके खेत वापिस हरे-भरे हो गए हैं,’ मगदू चाची ने तुनककर जवाब दिया। अब सबका ध्यान उनकी ओर था।

‘उन्होंने खदान से निकला सारा मिट्टी-पत्थर साफ किया। उन्होंने खदान के गड्ढों को पूर दिया, वहाँ पेड़ लगाए ताकि मिट्टी फिर से जी उठे, और यह सब उन्होंने मिलकर किया! मैंने सुना है कि इस साल उनकी धान की फसल खूब लहलहा रही है।’

18

पुनर्जीवन

जल्दी ही, पाई और काजू किसान अपने बागानों को फिर से जिलाने के धीमे और सतत काम में जुट गए। अन्य लोगों ने अपने धान के खेतों और नहरों से गाद हटाना शुरू कर दिया।

माई की मिर्चियां, जो वे अपने घर के पिछवाड़े उगाती थीं, ज़िन्दा रही थीं। माई ने उन्हें हरी तिरपाल से ढंककर रखा था और उसी ने मिर्ची के पौधों को खदान की धूल से बचा लिया था। माई ने गाँव की कुछ औरतों को जोड़ा और उन्होंने मिलकर और मिर्ची उगाई। रोल्लागाँव की गलियों में एक बार फिर से लाली छा गई थी। इस बार यह लाली मोटी-मोटी तीखी मिर्चियों की बदौलत थी। इन मिर्चियों से जो पैसा आया उसने दूसरी फसलों को फिर से जी उठने की मोहलत दे दी।

और फिर धीरे-धीरे रोल्लागाँव स्वस्थ होने लगा। लाल धूल हट गई तो हवा साफ हो गई। पानी फिर से बहने लगा। "मटका लड़के" एक बार फिर "खोजी लड़के" बन गए। काजू, वे सख्तजान, उम्मीद से पहले लौट आए। कई और दोस्त भी लौट आए: गिलहरियां, बारबेट (बसंता), और सिपाही बुलबुल, कठफोड़वे और मोर।

19

अब बाहरी नहीं रहे

इस सबके बीच हमारा पेद्रु कहाँ था?

हो सकता है वह खोजी यात्रा पर गया हो (गले में सख्तजान लटकाए), या काजू बागानों में हो सकता है – किसी नई खोजी कहानी की उम्मीद में पाई का पीछा करते हुए। हो सकता है वह माई के साथ दूर किसी गाँव जा रहा हो, ताकि अपनी यात्रा के बारे में दूसरों को बता सके...या शायद अपनी टोली के साथ किसी नई चुनौती की योजना बना रहा हो, उनके

ठहाके हवा में उछलते, रुपहली जलधाराओं के आगे जाते और पेड़ों को लहराते, और रोलागाँव की हरी-भरी पहाड़ियों से आगे तक फैलते।

या वह आपको मगदू की पालतू बिल्ली मैगी को वह बात बताते-बताते खाना खिलाता मिल सकता है जो आखिरकार उसे माई ने समझाई थी: 'मज़ेदार कहानी है। इसमें मेरी कोई गलती कभी थी ही नहीं। अब मुझे रोलागाँव छोड़ना नहीं पड़ेगा। सबसे मज़ेदार बात तो यह है: सोचो सारा दोष किसका था? खदान के लोगों का। हा..हा! उन्होंने खुद को एक गहरे गड्ढे में धकेल लिया और जब सब कुछ बूम हो गया तो बचकर निकल न सकें।'

वैसे तो पेद्रु को पकड़ पाना मुश्किल होगा लेकिन यदि आप कभी रोलागाँव जाएं, तो यह रहा उसका पता... हर गाँववासी के दिल में, जो खुशी-खुशी आपको वह कहानी बताएंगे कि कैसे एक उनके अपने ने उन सबको बचाया था।

'हमारे अपने दो ने,' पेद्रु यह ज़रूर कहेगा। 'सख्तजान और मैं। हममें से कोई भी अब – बाहरी नहीं रहेगा!'

लेखक की ओर से

पेद्रु और बड़ा धमाका एक काल्पनिक कहानी है, जो गोवा के एक काल्पनिक गाँव के इर्द गिर्द घूमती है। अलबत्ता, "डिगडीप एक्सप्लोरर" के आने के बाद "रोद्रागाँव" ने जिन समस्याओं का सामना किया, वे वास्तविक हैं।

इस विषय में अधिक जानकारी के लिए कई स्रोत हैं, जिनमे गोवा व भारत के अन्य खनन क्षेत्रों में खनन के सामाजिक व पर्यावरणीय प्रभावों की जानकारी उपलब्ध है।

इस कहानी को लिखने के दौरान मुझे कुछ प्रमुख स्रोत के बारे में पता चला। जो निम्नलिखित हैं:

- दी गोवा फाउंडेशन – एक पर्यावरण कार्य समूह है, जिसने गोवा में खनन से सम्बंधित कई याचिकाएं प्रस्तुत की हैं। इससे सम्बंधित दस्तावेज़ goafoundation.org/mining उपलब्ध हैं।
- जीडीए में अवैध खनन की जाँच के लिए न्यायमूर्ति एमबी शाह आयोग की रिपोर्ट। (यह आयोग गोवा में अवैध खनन के मामले में तहकीकात के लिए गठित किया गया था।)
- अंडरमाइनिंग इंडिया: पारिस्थितिक रूप से संवेदनशील इलाकों में खनन के असर, कल्पवृक्ष, भारत द्वारा प्रकाशित (2003); नीरज वाघोलीकर, कौस्तुभ मोघे (ऋत्विक दत्ता के सहयोग से)

- गोवा में खनन पर अंतरिम प्रतिबंध के पर्यावरणीय तथा सामाजिक-आर्थिक प्रभावों का सर्वेक्षण, ईआईए संसाधन और प्रतिक्रिया केंद्र (ईआरसी), गोवा, भारत; जॉर्ज, टेरेंस, हेगन डे सा, पुष्प जैन (2003)
- गोवा में लौह खनन, एक अंत: एक अंतर्विषयक अध्यन। युनिवर्सिटाट ऑटोनोमा डी बार्सिलोना के स्वायत्त विश्वविद्यालय, ज़ेवियर लाविना पास्क्यूअल, मिरिया पाब्लोस कैस्कलर, मिरिया प्लानेल आई कैल, एलोई पुइगडोलर्स रोडेस, क्लारा सोले कार्बोनेल और ऐडा विला आई कसाउ, पर्यवेक्षक: डॉ. जोन मार्टिनेज़ एलियर (2013)
- भारत के गोवा राज्य में अंधाधुंध खनन का कृषि और जैव-विविधता पर प्रभाव, यूनिवर्सल जर्नल ऑफ एग्रीकल्चरल रिसर्च, ज्ञानदेव सी. तालुले, गुरुप्रसाद आर नाईक (2014)

मैं कौस्तुभ मोघे का शुक्रिया अदा करना चाहूँगी, जिन्होंने मुझे धैर्यपूर्वक खनन प्रक्रिया की रणनीतिक व तकनीकी बारीकियां समझाईं।

वहीं सबसे अधिक मैं अपनी संपादकों सुजाता पद्मनाभन और तान्या मजूमदार की शुक्रगुज़ार हूँ, जिन्होंने इस कहानी के कई मसौदों पर असाधारण सूझबूझ और धैर्य का प्रदर्शन किया।

नंदिता बाल पुस्तकों की लेखक हैं और मुंबई में रहती हैं। ज़ेवियर इंस्टीट्यूट ऑफ मेनेजमेंट (XLRI) से एमबीए पूरा करने के बाद उन्होंने आर्थर एंडरसन और क्लाइनवेल्ड पीट मार्विक गोर्डेलर (KPMG) के साथ रणीनीति सलाहकार के रूप में काम किया। फिर वे उस क्षेत्र में आ गयीं, जो उन्हें सबसे ज़्यादा खुशी देता है – लेखन! नंदिता की तीन किताबें प्रकाशित हो चुकी हैं – दी मिरेकल ऑन सुंदरबाग, जस्ट लाइक पापा, दी मैजिक फिंगर्स और बच्चों के लिए एक फंतासी उपन्यास दी मैजिक ऑफ माया। दी मिरेकल ऑन सुंदरबाग को पराग ऑनर लिस्ट, 2021 और नीव बुक अवार्ड 2021 (एमर्जिंग रीडर्स श्रेणी) से सम्मानित किया गया है।

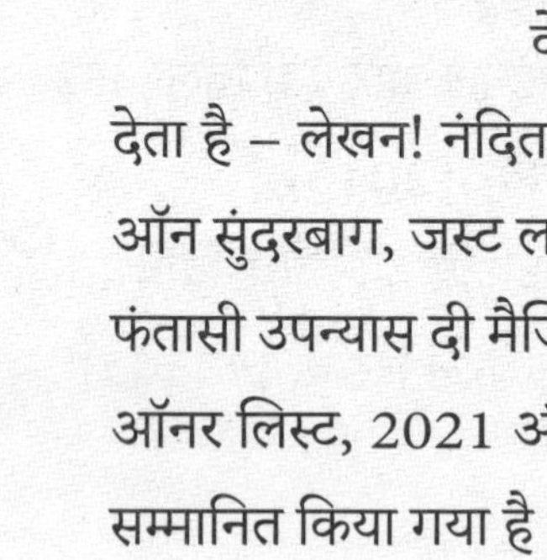

निहारिका शेनॉय बाल पुस्तकों की चित्रांकनकर्ता, अनुवादक और कॉपीराइटर हैं। उन्होंने टीचिंग रिसोर्स का निर्माण किया है तथा पत्र-पत्रिकाओं, पुस्तकों और वेबसाइट्स के लिए चित्र आधारित सामग्री रची है। और 'नॉट फॉर प्रॉफिट' के लिए संप्रेषण सामग्री का निर्माण किया है। उन्हें लेखन और कला के माध्यम से कहानी कहना भाता है।